Panchito Einstein o el posmoderno prometeo

Moisés Ayala

Moisés Ayala © 2021

Ilustración de portada: Aaron Yecatl Ayala ©

2021 Literaturbia Norteña Ediciones © 2021

Monterrey, Nuevo León,
Agosto 2021

CAPITULO I

De cómo Don José se da cuenta de la caja misteriosa, la plática en la cocina y la cargada del carretón con el paquete.

La luz comienza y la creación con ella, la luz se posa suavemente en los objetos nuevos, en la tierra nueva, creación de un día. La luz pasa rápidamente y se detiene en la tarde, cuando las hormigas están más a gusto.

-Levántate, papi. Levántate, papito. Pinche viejo culero, levántate, no seas huevon. Qué muy picudo anoche. Órale, párese a chingarle.

-No mames.

-Cuál no mames. Párate, güey.

-Mejor vamos a echarnos un palito.

-No, ni madres, ándale que se me queman los frijoles.

La colcha es de retazos de diferentes telas, tres cobijas a cuadros, una mesa hechiza de madera, un colchón con resortes salidos, y pando.

El hombre se levanta, se soba las sienes, abre la puerta de cartón que da al patio. Abre la llave de agua, se enjuaga la boca y bebe un poco, escupe lo demás, se enjuaga la cara, suspira, bosteza y se reincorpora. La ve, la ve por primera vez, grande, cuadrada y hermosamente descansando sobre una caca y un vomito que dejó el Vicente la noche anterior.

-¿Qué es esto? -grita.

-¿Qué es qué?

-Esta cajota ¿Qué significa?

-Ah, la trajeron unos güeros grandotes. En la mañana como a las dos horas que tú te metiste.

-Y, ¿Qué dijeron?

-Pos que ahí traían eso y después venían a liquidarte la otra parte, dejaron un sobre con la dirección y dentro el dinero.

-Pos ojalá que valga la pena porque esta cosa está muy grande.

-Yo creo que sí porque estaba gordito el sobre.

-Ya vente a la mesa, voy a calentarte las tortillas.

La mujer entra de nuevo por la puerta de cartón, a la sala-recamara-pasillo-baño. El tipo se queda mirando la caja se acerca a ella, la mueve, pone el oído y escucha un corazón latiendo.

 -¡Ah, chingao!

La cocina: sólo una lámina de aluminio, una mesa descascarada, una estufa blanca y oxidada, tres sartenes, una pequeña mesita para cortar la carne o las verduras, una silla de tubos y dos postes que sostienen la lámina y en ellos un manojo de ajos y un pequeño radio que día y noche sintoniza la 1420 AM "La Estación del vallenato".

Le pone el sartén con unos huevos en salsa verde y unos frijoles al lado, las tortillas sostenidas en el mango del sartén, medias quemadas; "para que truenen bien sabroso entre los dientes", un vaso lleno de Big Cola y la botella de 3.3 litros por si quiere servirse más.

-Por eso no empezaste a chingar más temprano y me dejaste dormir, cabrona. Porque me comprometiste con esos güeros que dices que vinieron.
-Po's no les pude decir que no.
-Bueno y dónde pusiste el sobre que dices.
-Arriba de la ropa.
-Ahorita lo checo.

El hombre se sirve dos veces de la botella mientras termina con rapidez el almuerzo. Va directo al cuarto donde se encuentra el sobre con el dinero, sacándose con la uña larga del meñique un pedazo de tortilla de entre los dientes. Toma el sobre y lo abre. Nunca había visto tantos billetes juntos, sonríe, y quiere llorar porque no lo cree, va de nuevo a la cama, se acuesta y solamente da un suspiro, se quita las chanclas, toma la cobija de nuevo y cierra los ojos.

-Ándale, que tienes que entregar eso.
-Ya vas empezar a chingar.
-Sí, para que regreses temprano.
-No, no mames. Además esa cosa está muy pesada y si le digo al Vicente que me ayude va a andar con un genio de la chingada.
-Me voy a dormir otro rato.

La mujer se acuesta a su lado. No dicen nada por un instante, él le agarra una pierna y la acaricia hasta donde se le juntan las dos.

-Hágase a la chingada, que no ando de humor

-Nomás tantito.

-Mejor hay que subir esa cosa al carro.

-¡Chingadamadre! Como tú no jalas. Voy por una caguama.

Sale y mira de nuevo la caja. No piensa en nada con respecto a ella, sólo la contempla. Escucha a Vicente asomándose por la puerta.

-A dónde chingao's vas.

-Po's ando crudo. Voy por una caguama.

-¿Y qué chingao's trae tu pinche vieja que viene y alborota la mía? Y esta culera me despierta que porque te tengo que ayudar y que la chingada.

-Nombre, po's que vinieron unos güeros para que les lleve esa caja a una dirección.

-No mames, está bien grandota. Y quieres que te ayude a subirla. Pues ni madres. Es mas, tráeme una caguama a mí también.

-Po's déjate caer con la feria, no me chingues.

-Ten, güey y no te tardes, que me lleva la chingada.

-Sólo son tres pesos.

-Po's me vale madre, tú me traes una caguama y a ver cómo le haces.

-Al Chepe le debo una feria y no me va querer fiar.

-Ya te dije que me vale madre.

Don José ya no dijo nada y agarró dos envases que descansaban al lado de un barrote de madera. Abre la puerta de tablones y la vuelve a cerrar. Por la orilla del camino, espera que pasen tres carros de modelo reciente y una carcachita, se abre el espacio para que pase. Entra en el depósito del Chepe, tarda como quince minutos y sale con la cerveza. Esta vez tarda un poco más en cruzar la calle, el sol le molesta y el polvo que levantan los carros se le pegaba en las narices, hace tiempo que no llueve y en ese lugar transitan muchos carros que provienen de Apodaca y Guadalupe que van a la parte sur de Guadalupe o a Villa Juárez. Muchos se quejan que al pasar por esa parte tienen que soportar olores fétidos, por eso se ha ganado el nombre del "Ranchito".

Don José, llegó cuando ahí no había más que mezquites y matorrales. Llegó con otra mujer, con la que tuvo dos hijos. Después llego el Vicente, su mujer y una prima que a su vez trajo a una amiga de su rancho. Al final la prima se fue con un vato y la amiga se quedó con Don José, cuando se separó.

Se abre espacio entre los autos y cruza la calle. Realiza el mismo ritual de la puerta y llega con el Vicente, le da la cerveza.

-¿No que no, cabrón?

-Sí, güey, le dije que te las anotara.

-Ah, qué jijo de la chingada. Me chingaste de todas
 formas.

-Po's a mí no me quiso fiar.

-Po's qué le hago.

-Ya vete y más al rato subimos
 eso.

Vuelve a pasar junto a la caja, de nuevo se acerca y pone el oído. Vuelve a escuchar un corazón latiendo. Ahora sí, está seguro de que algo vivo está ahí.

Recostose, bebiose, durmiose.

La luz continúa. La luz camina ahora con pasos más lentos, no pasa de un lugar a otro sin antes haber acariciado primero un cerebro, sin perforar antes una neurona de la corteza cerebral. La luz es como un cuchillo, un taladro, que pasa lentamente y comienza a suavizarse lentamente. Por fin se detiene, cuando se ha convertido en una pluma morada. El hombre se levanta de nuevo, maldiciéndose, hablando de sí mismo como una horrible criatura.

-Caliéntame los frijoles.

-Si ya te vas a parar te los caliento.

-No, todavía no me voy a parar, no mas quiero que me traigas dos
 tacos.

-Po's no.

El hombre se levanta maldiciendo. Se acomoda los zapatos de trabajo, sabe lo que tiene que hacer y está decidido a hacerlo. Deja de pensar en los frijoles y mejor va afuera, el Vicente no ha salido pero sabe que no tarda. Quita dos piedras que detienen el rodar del carretón, este cede y la misma gravedad lo alinea con el paquete, sólo es cuestión de empujar el vehículo de madera hasta donde está la caja con un corazón latiendo. Le habla la mujer y le pide que le ayude a empujar el carretón y esta lo hace, queda justo donde debe estar y listo para recibir la carga que ha de trasladar por la ciudad. Un carretón de madera, pintado de amarillo, anaranjado y rojo; una lona en la parte frontal con la imagen de un político en campaña, que sirve para protegerse del sol y de la lluvia; un asiento de carro acoplado y las ruedas con pedazos de llantas reventadas.

Vicente ha salido comiendo un pedazo de carne seca, mira a Don José mirando la caja, este por su parte piensa cómo le va a hacer para subirla.

-Ahorita te ayudo, ya no le pienses tanto.
-Po's ándale, que esta cosa está pesada para
 mí.
-Ahí voy. Ahí voy.

El hombre se acerca con Don José y le golpea en la espalda con la mano abierta.

-¡Ay, guey! Casi me sacas el pulmón.
-Pos aliviánate. Agárrate de abajo y yo le jalo de arriba. Oye, esta cosa sí que está pesada. Empújale, no chingues.

La caja comienza a vibrar. Y a emitir el ruido de una sirena.

-¿Qué le hizo, compadre? Nomás le dije que la empujara, no vaya a ser una bomba.

-A la chingada. Que tal vez lo que oí no era un corazón sino un reloj. Vieja. Vieja.

-¿Qué fregados quieres?- grita desde el tejaban la mujer.

-¿A qué hora te dijeron los fulanos que la entregáramos?

-No dijeron nada de eso.

-Ya ve, compadre. Desde la mediodía que hubiéramos hecho esto.

La caja comienza a vibrar con más intensidad. La sirena deja de escucharse. El sonido que emite ahora era un pit, que se hace cada vez más corto.

Pit…

Pit…

Pit…

Pit…   Pit…   Pit…

Pit… Pit… piiiiiiiiiiiiiiiiit…

Para el último pitido los hombres ya están detrás de un mezquite, con los ojos muy abiertos para ver lo que pasa. Se acercan unos pasos y la caja da un pum y se tiran al suelo. Caen las paredes de cartón y debajo hay otra caja pero ahora tenia unos pequeños agujeros por donde la pueden agarrar y subirla mas cómodamente al carretón.

-Pinche compadre, nomás tenía los ojos pelones del susto, ya ni la chinga.

-También uste compadre, ahí dejo el mojón tirado.

-Ándele, ya vamos a subir esa chingadera. ¿No sé cómo se le ocurre hacer tratos con gente extraña?

-La pinche vieja, compadre, pinche vieja.

CAPITULO II

Don José y el Vicente dejan el paquete en la dirección marcada, después
el problema con el transito.

El cerro de las mitras se pone un velo rosado. La tarde, como todas las tardes de verano, con su purpura y su calor. Las camisas sudan, los pantalones sudan y los cabellos sudan. El tráfico y los sonidos de claxon tienen un concierto. En la avenida Ruíz Cortínez del municipio de Guadalupe, tras el carretón, hay una fila de automóviles con deseos de pasar a Don José y al Vicente.

-Pues por qué no se pasa esa pinche vieja gorda, ya tiene como diez minutos pite y pite, ya ni la chinga.

-Pos no ha de saber manejar.

-Hágale la seña para que se pase.

-Nombre, déjela que esté chingue y chingue, se encabrona más ella.

El carro de reciente modelo por fin pasa por un lado y al momento con el claxon les mienta la madre.

-La suya, vieja pendeja.

El semáforo cambia en ámbar y el carretón se va orillando al carril derecho entre pitidos y rayadas de madre. El semáforo en rojo y el carretón, aún en movimiento, hasta lograr el objetivo: llegar al carril derecho para esperar en el semáforo el señalamiento y entrar en una calle lateral.

Por fin después de mucho contaminar con el sonido de los claxon en la parte trasera, ahora están en una calle menos transitada, sin molestos conductores por la velocidad del Rocinante, no ruidos, arrancones, ni rayadas de madre o caras con desaprobación. Ya no, la calle Pablo Neruda es más tranquila, únicamente se va a la colonia Molinos de Inglaterra.

-Compadre, dicen que estas casas son muy frágiles y que están hechas con los materiales más corrientes y luego las venden muy caras.

-Pos yo sí lo creo.

-Mire nomás el pedacillo de terreno que tiene cada una de ellas.

-Se han de ganar mucho dinero los dueños de las compañías.

-Sí, y uno como el chinito. Nomás milando.

-Sí, compadre. ¿Por qué estaremos tan jodidos?

-Pos la verdad no sé.

-Pero no se preocupe por el dinero, mientras tengamos que tragar todo lo demás es diversión.

-Eso sí.

-A ver, ¿Qué haría usted si tuviera mucho dinero?

-Me volvería loco. Como cuando la primera vez que tuve dinero en mis manos, no sabía ni qué hacer...

-Sí, ya me platicó eso. Qué cuando anduvo de barrendero en una gasolinera.

-Sí. Cómo cambian las cosas. Ese dinero era mucho para mí solo, pero ahora con güercos, con mujer, nomás mira uno pasar el dinero por las manos.

Siguieron platicando mientras en cada esquina se paraban a ver si era la calle marcada. Por fin y asintieron con la cabeza.

Parecen de un circo, en su carro de colores llamativos, naranja y amarillo, van a divertir al público, a los espectadores. Van con su carga de bromas, malabares, trapecistas, contorsionistas, domadores, payasos, animales exóticos.

Llegan a la casa, tiene algo diferente que todas las demás. La construcción es un poco mas grande, no hay jardín al frente, una cochera con barandal blanco, todas son casas nuevas, la compañía acaba de entregarlas, los dueños de ésta casa pagaron un extra para que se construyera diferente, pero sólo es eso, a menos de que por la parte de atrás tenga también una estructura diferente, pero eso no lo sabemos. El trabajo es simplemente dejar esa enorme caja en la cochera, la puerta estará abierta decía en las instrucciones, solamente deje el paquete y váyase.

Bajan del vehículo, el caballo suspira y en la exhalación va el cansancio. Los hombres también suspiran, no lo saben bien pero se encariñaron con el paquete, ahora lo van a dejar y ya no sabrán más de lo que pase con él, ahora es suyo, tienen la opción de no entregarlo, y saber lo que hay dentro. Don José piensa que ha de valer más de lo que le pagaron, si lo lleva de regreso y lo abre, si lo que contenga lo vende a un precio que considere conveniente, pero si es algo más comprometido, droga, armas cualquier otra cosa que a él no le sirva, mejor entregarlo, mejor hacer el trabajo y dedicarse a gastar el dinero, comprar una carne, dos tapas de cerveza en bote, y ponerse borracho sin preocuparse en lo que comerá mañana, porque tiene la posibilidad de comprar lo que sea. Tomar el camión que lo deja en el Mercado Juárez y almorzar, comer y cenar cabrito, si le da la gana, o mariscos, o entrar otra vez en un restauran de lujo, donde lo atenderán personas amables.

-Ándele, pinche compadre, qué chingados tiene.

-Nada

-Pos ándele, ayúdeme. No me deje solo.

-Ahí voy, ahí voy. Agárrele. Agárrele. No le suelte.

-Así, así, jálele. Eso, así.

-Ahí va.

-Parece como si tuviera algún líquido.

-No vaya ser como de esas bombas que pasan en las películas de la tele.

-Nombre, pinche compadre, no diga mamadas. Ándele que hay que meterlo. Pinche compadre, tiene que salir con sus pendejadas.

-Bueno, ándele, agárrese otra vez.

Caminando curioso con la caja, los hombres ponen el paquete en el mero centro de la cochera como decía en las instrucciones.

-Bueno, pos ya está.

-Sí, ahora sí vámonos.

-Sí, por fin vamos a echarnos unas caguamas bien a gusto.

-Órale pues.

Suben al vehículo sin ganas de irse. Suspiran y le ordenan al caballo la marcha.

-Párese, compadre, ¿Qué? ¿La puerta la va a dejar abierta?

-Ah, qué la chingada. Pues no.

Detiene el caballo y baja corriendo, antes de cerrar la puerta mira de nuevo la caja, se queda un rato pensativo y observa ese rectángulo, recuerda por un instante.

-Ya deje esa caja en paz y vámonos, qué tanto le ve.

-Sí, ahí voy.

De nuevo sube al carretón, esta vez decidido a no voltear atrás. Ordena de nuevo la marcha al caballo. Dan la vuelta en la esquina y divisan un deposito. Tres muchachos afuera fumando y platicando, una niña que entra con un envase de vidrio y se queda mirando las frituras y el pan.

-Ándele, vaya por las caguamas.

-Pos deme los envases.

-Tenga, y trae de una vez cacahuates.

-Sí, jefe. Lo que usté diga, jefe.

-Ándale, no andes con mamadas de nuevo.

La niña sale con una bolsa de pan, una botella de coca cola y un litro de leche mientras Don José entra. Pone los envases en el mostrador de madera y vidrio, donde se ven utensilios escolares, juguetes de plástico, medicinas y productos higiénicos. El tendero los coge y los coloca en el suelo, le señala el refrigerador, Don José paga, toma su feria y unos cacahuates, pasa al refrigerador escoge las caguamas más frías y al salir le da las gracias al tendero. Los muchachos se le quedan viendo porque se regresa y le dice al tendero que abra las botellas, de nuevo da las gracias y sale.

Sube al carretón, le da la caguama al Vicente y siguen el camino. Llegan a la avenida Ruíz Cortínez de nuevo y comienza el concierto.

En un cruce de semáforos no vieron al oficial de tránsito. El foco rojo los detuvo. Don José saca una caguama, se la pasa al Vicente y saca la otra.

-Salud, compadre
-Salud.

Cambia a verde y pasan. Ven al oficial y guardan la cerveza. El oficial de tránsito camina a la orilla de la avenida por donde pasaran los compadres y les hace la señal para que se detengan.

-¿Qué pasó, jefe?
-¿Qué traen abajo del asiento?
-Nada.

-Los vi cuando estuvieron tomando de la botella.

-¿Cual botella? No traemos nada.

-Pues en estado inconveniente no pueden seguir. Necesito que se bajen, por favor.

-Pinche culero qué quiere billetes, o qué pedo. No traemos, estamos jodidos.

-Pos fíjate, jodido con quien estás hablando, y aparte te me pones al tiro.

-Sí, pinche ojete.

-No me hables más así.

-Yo le hablo como me da la gana y si quiero le parto en su madre.

-Ya cálmate compadre, no vale la pena andar peleándose con estos culeros.

A ver, central, tenemos un___en proceso. Manden un ::

"SE QUEDA SU CARRETON EN PLENA AVENIDA

Guadalupe.- dos hombres que circulaban por la Ave. Ruíz Cortínez en estado de ebriedad, se quedaron si su vehículo de trabajo. Los hechos sucedieron después de que discutieron fuertemente con el oficial de tránsito del municipio de Guadalupe, quien los detuvo

para revisarlos pues le
parecieron sospechosos, por
el ruido y escándalo que
venían haciendo. Los
hombres por su parte
mencionan que el oficial los
detuvo por nada."

El carretón de Don José está al lado de un Tsuru gris, un Malibu dorado, frente de un Almera rojo, el sol le de pleno mediodía y sus colores amarillo y anaranjado brillan más de lo normal. El corralón en el sur de la ciudad, se queda tranquilo, un perro ladra a lo lejos, la avenida no detiene su fluido acelerado, el calor se siente en toda la ciudad y el cerro de la silla suda por la espalda las lluvias que llegaron hace tres días y mojaron todo el estado de Nuevo León.

CAPITULO III

De lo que trata en la vida cotidiana de unos vecinos en la Colonia "Molinos de Inglaterra"

De un silencio perpetuo, a un agudo y punzante timbre.

La alarma del reloj despertador puesta a las 6:30.

Ya están despiertos, acaban de hacer el amor y se sienten adormilados.

Ella se levanta.

Desnuda.

Usada.

Apaga el aparato traído directamente desde las entrañas del infierno, para despertar las almas que descansan en la tierra.

Se vuelve a acostar.

-Ya es hora de levantarnos.

-Sí, cielo- Responde con actitud sumisa.

Pero son inmutables.

La colcha que en un momento tuvo movimientos rítmicos, después quietud, y enseguida dejó que saliera la mujer, y la dejó entrar de nuevo en la cama; ya no se mueve.

El instante se alarga indefinidamente y cada uno piensa en sus cosas.

Están sólo por estar, tirados, boca arriba, desnudos, respirando lento y relajado, en cualquier momento pueden quedar dormidos y soñar cosas extrañas.

Parecería que la cama respira y ellos son parte de un animal moribundo.

Ella lo mira, él no la mira a ella.

Ella quiere hablar pero no se atreve, quiere que él, le hable primero, le mira la

boca, esperando el movimiento que sirve para dejar salir la palabra.

No hay nada.

Él no dice nada, solo respira profundo, toma la cobija y la hace a un lado, se

levanta.

Está desnudo y se dirige al baño.

Abre la regadera.

Ella sigue acostada esperando

aún la palabra de su marido,

espera que le hable a bañarse.

Sabe que no lo hará, con desilusión se levanta y entra al baño.

Él ha terminado, no la esperó dentro del chorro de

agua. Se está secando con la toalla y la mira

indiferente.

Ella entra en la regadera.

Se baña y sale.

Se pone una bata de baño y va hacia a la cocina a preparar un almuerzo para

ella; un café y unas galletas para él.

Sirve la mesa, él llega, toma la taza y una galleta que remoja apresurado en el

líquido negro, el jamón en cuadros y el huevo chillan en la sartén, pero eso no lo

inmuta.

Un par de tortillas caen suavemente sobre el comal, espera ahora, que él llegue

a donde está ella y la abrace por detrás, pero no es así, él agarra su maletín negro mientras se mete un puño de galletas en la bolsa de un saco deslavado. Sale de la casa.

En la estufa chilla rosado el jamón y una pequeña burbuja de huevo se asoma por la orilla, una plasta que suelta olores, un aceite que se descompone y se evapora, un sartén con teflón, enseguida: un comal redondo, con dos tortillas y un pedazo de pan blanco.

Apaga las mechas, sirve en un plato blanco de cerámica que esta desde antes puesto en la mesa y las tortillas en la canastilla de palmito, con un mantel adentro. Toma la jarra de la cafetera y sirve. Almorzará de nuevo sola.

Quiere pensar que así ha estado siempre, que no vive nadie más en esa casa.

Tiene la bata de baño encima, sigue desnuda, espera aún el abrazo, la caricia en sus piernas por debajo de la bata de baño, en sus glúteos, en su culo, en su vientre, en su sexo.

Se sienta, toma un pedazo de tortilla, se levanta de nuevo y abre el cajón de los utensilios, agarra un tenedor y regresa a la silla.

De nuevo el pedazo de tortilla, muerde y con el tenedor en la otra mano corta un pedazo de jamón con huevo, que lo lleva a su boca.

Siguiendo el mismo procedimiento, acaba con la comida.

Se levanta.

Tiene que lavar los trastes, tiene que tender la cama, barrer y trapear el pisos, tiene que traer el mandado y hacer la comida para dos, lavar la ropa acumulada de tres días y esperar a que llegue las cuatro para ver la telenovela.

Toma el plato y lo lleva al fregadero, abre la llave del agua y la siente corre por la superficie blanca y sus manos, la ve caer, irse por el caño.

Le gusta sentir el agua en sus manos, pero no la fibra plástica con la que quita la suciedad y la grasa.

Trata de recordar cuándo fue la última vez que miró un arroyo, recuerda uno pero no fue el ultimo que vio, o tal vez sí.

Mejor no quiere recordar, se sentiría triste, tendría ganas de volver a ese tiempo, en Zaragoza.

-¿Por qué pasará el tiempo tan rápido?- habla en voz alta.

Acomoda los platos.

Va hacia la recámara, apaga el aire acondicionado, se quita la bata y se acuesta, cierra los ojos un momento, piensa que él ha regresado y abre la puerta de la casa, entra a la recámara y la ve desnuda, recostada boca arriba, piensa que está ahí mirándole y que se le antoja su sexo, piensa que se desabrocha el pantalón y su cosa la tiene parada y al verla acostada y boca arriba, piensa que le toma las piernas y las levanta, hace el movimiento, piensa que se acerca a ella y la penetra, toma su sexo con la mano y frota un poco, abre los ojos, y es mentira, sólo estaba pensando que sucedían así las cosas, sabe que no vendrá hasta la hora de la comida, se volverá a ir de nuevo y ya no sabe a qué hora regresara.

Se levanta y camina hacia el guardarropa, abre un cajón y saca unos calzones y un brasier, se los pone, busca un pantalón y una blusa, bajo la cama están unos zapatos que enseguida saca y calza.

Baja a la cocina y abre la alacena, saca una bolsa de sopa de arroz y de adentro un billete de quinientos pesos.

Sale de la casa y mira sin querer dentro del porche del vecino, le causa extrañeza una gran caja que está en medio.

-Está muy grande ese refrigerador- dice de nuevo en voz alta.

Sigue mirando la caja mientras pasa, ni siquiera parpadea, trata de imaginarse qué otro mueble podría ser. Sigue caminando hasta la avenida que pasa a tres cuadras...

Un taxi se detiene.

-Buenos días, señora.

-Buenos días.

-¿A dónde la llevamos?

-Lléveme por favor al Soriana.

-Claro que sí, con mucho gusto.

El carro es de los últimos Volkswagen. A un lado del freno de mano esta una Biblia que ella mira de reojo. Va mirando el paisaje urbano, y después observa y relee la portada del libro.

-¿Lee usted la Biblia?

-De vez en cuando.

-Yo nomás cuando voy a misa los domingos.

-¿Es usted cristiana?

-Sí, de la iglesia "El pastor de Belén".

-¿Dónde queda esa?

-Por Linda Vista, y la verdad nos queda algo lejos. Yo le digo a mi esposo que busquemos otra por aquí mas cerca.

-Pues sí... bueno, ya llegamos, son 30 pesos.

Se baja del carro. Paga la cantidad justa. Se dirige a donde se encuentran los carritos para el mandado y toma uno. Entra en la tienda, acaban de abrir y algunos empleados se encuentran acomodando cosas, barriendo y trapeando, checando las cajas registradoras, el guardia limpiando un mueble blanco donde pone una botella de refresco y una bolsa de frituras.

Se escucha la canción Samba p'a ti en versión acústica, pero ella no lo sabe, sólo le gusta el ritmo que tiene. Va a las carnes tarareando y tiene que pasar por donde están las colchas y los cobertores, los mira, le gusta uno verde con bolitas amarillas, porque se parece al primero que puso en su cama de casada y donde hizo el amor quinientas veces contadas, donde vomitó dos veces y mancho de sangre de la regla y tuvo que lavar otras cinco antes de guardarlo y después tiro porque su marido le dijo que ya no servía.

Suspira.

Llega a donde están las carnes frías y recuerda que no hay queso amarillo. Pide un cuarto de salchicha italiana y dos trozos de chorizo de puerco, y uno de chorizo de soya.

Sigue, y llega al departamento de carnes, toma dos charolas, una de carne molida y una de bistec.

Ahora va a donde se encuentran las frutas y verduras.

Toma varias bolsas de plástico y va a los limones, agarra tres puños y los pesa, le faltan tres para el kilo.

Va al tomate y agarra un y medio kilos; medio de aguacate y dos cebollas, un manojo de plátanos y una mitad de sandía.

Llega a la caja registradora, paga y sale. Toma otro taxi.

Llega a la casa y entra.

Cierra la puerta y de nuevo se siente un poco sola, tiene que acomodar las cosas, tiene que hacer la comida, y no ha tendido la cama.

Regresa a la recámara, toma la cobija, la desliza entre los dedos, suave, calentándose con la fricción, se expandió, sin bordes, la dobla por la mitad, de nuevo a la mitad y otra vez a la mitad, la echa en el respaldo, imagina el cuerpo de un niño que no ha podido tener, que tiene 5 años y lo carga como carga a su sobrino y lo tiende suavemente sobre la cama porque se durmió, como se durmió en la boda de su amiga: la secretaria de una escuela.

Baja de nuevo a la cocina, está sola y se está hartando de la soledad, mira los trastes, en verdad que se está hartando de no tener a nadie a quien hablarle, está callada siempre, ya no sabe cómo se escucha su voz, hace tiempo que no entabla una conversación larga donde pueda apreciar los matices que puede lograr con las palabras de su boca, de su voz sólo recuerda el "sí" "claro que sí", "lo que tú digas, amor", y algunos etcéteras.

Se siente sola, agarra el sartén sucio y lo mira, la soledad ha llegado al colmo, pero la sartén no tiene culpa de nada y es quien recibe toda la furia; su brazo se levantó despacio pero luego tomó impulso y la sartén cae al suelo despostillándose, aventando pedacillos de huevo por todos lados, aceite por todos lados, causando un sonido fuerte, hace que ella reaccione, y de un suspiro después del "aaaaaggg" que dejo salir. Recoge, la sartén y barre los pedazos de huevo y jamón, limpia con una servilleta el aceite que quedó en el suelo.

Toma los platos de la mesa y los lleva al lavadero, los lava y los pone en el escurridor.

Agarra otro sartén, el anterior ya no sirve; vierte aceite, deja caer la carne molida, corta en cuadros chile, tomate y cebolla, pica finamente el ajo, dorada la carne le pone la cebolla y el chile, deja caer el tomate suavemente, y el ajo al final, vierte un poco de agua, saca la olla de frijoles, vierte unos cuantos en otro sartén con aceite y cebolla dorada, muele con una cuchara y los refríe, no hay mucha ciencia en esto de la cocina, sólo hacer las cosas como le enseño su mamá.

Él llega justo a la hora marcada, come con prisa y se va de nuevo, no dice nada. Sólo preguntó por la sartén en el bote de basura pero sin insistencia por no recibir contestación.
Solamente entró, comió y se fue, ni su sombra tuvo tiempo de respirar, ni la silla de soportar su peso, ni ella de darle un abrazo como antes lo hacía, ni se fumó su cigarro después de comer, ni se despidió con un beso, en menos de quince minutos la puerta del carro blanco sonó dos veces, arrancó y se fue.

Hay que recoger los platos de nuevo y volverlos a lavar, hay que esperar de nuevo a que llegue y darle de cenar, si no ha cenado.

Pone de nuevo tortillas en el comal, mira el humo que se levanta de la tortilla es un el paisaje de una tierra prehistórica, sin vida, una tierra caliente y humeante donde apenas se está gestando la vida y los almidones se juntan y la tortilla se hace más pequeña, un milímetro más pequeña.

Ella saca del comal ese pan de maíz nixtamalizado, esférico y aplanado, lo saca con el dedo índice y pulgar, lo deja caer en una servilleta en la mesa, repite la operación con otras tres tortillas y se sienta a comer carne molida con frijoles refritos, todo humea, la casa con aromático olor de cebolla, chile, tomate, ajo, tortilla, frijoles y carne.

CAPITULO IV

*De los dos adolescentes y de cómo surge el amor entre ellos en
la escuela secundaria.*

Sientes que este día será diferente, que habrá algo que recordarás toda tu
vida. El sueño que tuviste te ha dejado atónita, te sientes rara, tu madre te
habló para que te levantes, desayunes y te vayas a la secundaria, no aceptas la
realidad y quieres volver al sueño en que él te acariciaba por la espalda y te
susurraba al oído que te mordería el cuello despacito. Te quitas la pijama con
flores, el uniforme guindo te está esperando en el ropero, los zapatos que el día
anterior pusiste a tu hermanillo que los boleara están cerca de tu cama.

*Sientes que ese día será diferente, tu hermano mayor te agarra y te sacude.
Le acababas de levantar la falda a la maestra nueva de matemáticas y le
estabas besando el cuello. Dice que te va a ganar el baño, sabes que cuando
hace eso, tienes tiempo extra para dormir pues no saldrá sino quince
minutos antes de que se vayan; y no tienes tiempo de desayunar, ni de
bañarte, así que te pones el mismo uniforme que usaste ayer; tiene una
mancha donde rozó una papita con crema y salsa, que te comiste en la hora
del descanso pero con un poco de agua, no se notarán. Te recuestas de
nuevo y cierras los ojos. Parece que sólo pasaron tres minutos, sientes gotas
de agua en tu cara y tu hermano dice que no seas huevón y que te levantes,
que se te hace tarde, sabes que es hora de levantarte, te cuesta trabajo
tomar la decisión de abrir los ojos, de saltar de la cama. Ya no queda tiempo
para el desayuno. Por fin lo haces. Te ha quedado un*

calcetín y la trusa. Buscas el otro calcetín y lo encuentras debajo de la cama.

Te cambias lo más rápido que puedes. Te vas a la cocina y tu mamá te da una

taza con café frío y sabes que es la consecuencia de levantarte más tarde de

lo normal.

Caminan deprisa, no saben el uno del otro, se ignoran. En ese momento ella piensa en la tarea de matemáticas, él piensa en la maestra de matemáticas. Ella camina hasta la casa de su amiga, y le grita desde fuera de su casa. Él camina sin detenerse hasta la secundaria.

Han llegado, saludaron a sus amigos pero entre ellos no. Ella le mira aventar la mochila en el banco, sentarse, sonreír de un chiste que alguien contó, parece que no le importa, parece que este día no hablará con él, no le va a decir nada, y tal vez sea mejor porque los nervios se le derriten y se concentran en el estómago, y el corazón late fuerte que se puede escuchar. Ha terminado de sonreír ahora voltea y la ve, la ve directamente a los ojos y no entiende por qué está así, sin parpadear. Ella se agacha, y sonríe discretamente con una amiga, que le habla. La amiga le mira también a él, se siente incómodo, mejor se levanta y se va a jugar con una pelota que acaba de sacar el más desastroso de la clase.

-Ya te vi que te le quedas mirando a David.

-No. No es cierto.

-Te gusta, no lo niegues.

-Está algo guapo.

Las amigas se ríen en voz alta y David voltea a verlas.

-Ya ves a él también le gustas.

-La verdad es que sí, sí me gusta.

-Te lo echo o qué.

-No, me da vergüenza.

-Nombre, le voy a decir. No seas cula.

-No.

-Sí.

-Ya no te vuelvo a hablar si haces eso.

-Siempre dices lo mismo y al rato ahí andas.

-No, es en serio ya no te vuelvo a hablar.

-Pos ni modo, yo le voy a decir.

La amiga se levanta y ella la regresa con un jalón de la blusa.

-No, no le digas nada.

Pero se zafa, y sin voltearla a ver, a pesar de las insistencias se acerca a David
y le dice algo al oído, que, al terminar se queda pensando, con los ojos abiertos,
y la mirada hacia un solo lugar, por un instante no reacciona, la amiga le habla.

-¿Qué piensas?
-Pues no sé.

-¿Cómo que no sabes?

-No creo eso que me dices.

-Sí es verdad.

-Nombre me quieres chorear.

-No, ¿Qué gano yo con eso?

-Pues no sé, burlarte, divertirte.

-Nombre, cómo; bueno, piensa lo que te dije y más al rato me dices, lo que

pensaste.

-Bueno.

***

Julián se quedó dormido en el salón y el profesor de química lo levantó y lo
mandó al departamento de trabajo social para que ahí se durmiera con el
reporte correspondiente, la maestra de artísticas les dictó algo sobre las
corrientes de vanguardia y les puso a que dibujaran su mano en diferentes
posiciones; la maestra de español les revisó la tarea del uso del acento y les
leyó un poema de Garcilaso; la maestra de matemáticas puso problemas de
álgebra y todos los hombres del salón le miraban las piernas y la minifalda; las
últimas dos horas fueron de educación física y el profesor los puso a jugar
basquetbol en equipos mixtos.

A la salida, ella salió lo más rápido que pudo, el salió detrás de ella, le dijo que si
la acompañaba y ella aceptó.

Después ya no le dijo nada, sólo la miro a los ojos, el corazón le latió más rápido, sintió que las manos le sudaban, el estómago le palpitaba y sintió ganas de ir al baño.

***

Los adolescentes caminan por una brecha van a la colonia Chávez, en la falda del cerro de la silla por el lado de Villa Juárez, no está poblado completamente, hay matorrales y árboles, hay frutillas redondas rojas, hay mosquitos y mariposas se atraviesan a veces por esa brecha, hay quintas que tienen un guardia, donde los fines de semana llegan jóvenes a hacer fiestas en carros nuevos, el traficar de la ciudad no se siente, se escucha a lo lejos la música urbana de sirenas, camiones, claxon en constante uso, pero es a lo lejos, la intimidad en esa vereda es silenciosa.

Se escuchan los pasos de dos adolescentes que van pisando hojas secas, se escucha la respiración entrecortada de ellos.

-Me dijo que yo te gustaba.
-¿Quién?
-Pues tu amiga.
-Este... mmm sí- Y se siente avergonzada, rara, se eleva del suelo, se siente fuera de sí, le sudan las manos y se pone chapeada, siente calor en las mejillas.
-Ay, no sé cómo decir.
-Decir qué.

-Ay, no sé.

-Pues qué quieres decir.

-Está bien, ¿Quieres andar conmigo?

-Bueno.

-Pensé que sería más difícil. Que me dirías que me esperara o que no.

Él se detiene, y ella sigue, se da la vuelta, se miran a los ojos.

CAPITULO V

De lo que trata lo sucedido a un grupo de ladrones, y la fuga de la refaccionaria.

Los asientos de color gris, el cubre volante ya está gastado y deshilachado, el carro negro lleva en su interior a tres cuñados, el que maneja, es cuñado del copiloto y el copiloto es cuñado del que va en el asiento trasero y este nada más es compadre del primero, un gran Marquiz del año 89 va por las calles de San Nicolás.

La música de los Cadetes de Linares suena en el estéreo, huele a cigarro y cerveza. Adán, que maneja, lleva entre las piernas una bolsa con camarones secos, preparados con limón y salsa, acompaña con una coca; Gasbi un tekate y una bolsita de papas. Doroteo que va en la parte de atrás va dormido.

-¿Sabe qué, cuñado? Tenemos que llevar el carro con el mecánico para que le cambie el alternador. Pero no traemos feria, cuñado. Tenemos que hacer una escala. Cuñado.
-Vi el otro día una refaccionaria, ¿Cómo ve si le llevamos algo al mecánico?
-Bueno dígame por dónde.
-Es ahí en Santo Domingo, antes del cine.
-A ver si pueden bajarle una feria al vato.
-Pos a ver si podemos.

El carro entra por la calle de República Mexicana, da vuelta por Santo Domingo.

-Vaya despertando a Doroteo, ya se la mamo, hasta está roncando, que no la chingue, le hace bien gacho.

-Cuñado, cuñado, despierte, vamos a una refaccionaria.
-Nombre déjeme dormir, que su hermana se enojó conmigo y me mandó al sillón anoche.

-Ja, ja, ja. Pinche cuñado, po's para qué la hace enojar.
-Se enojó porque ayer nos pusimos bien mamados y no llevé nada de dinero.
-¿Para qué anda gastando todo lo que sacamos? Ándele, que vamos a una refaccionaria, usted habla con el encargado.
-¿Por qué no habla usted?
-Porque usted tiene más lengua cuñado.
-Sí, compadre, usted es mas rollero, pregunte a ver si tiene alternadores.
-Cómo no, compadre.
-Pero ándele.
-Pero, ¿de qué carro?
-Pos de este, no la chingue, si ya sabe.

Doroteo baja del carro, abre la puerta de la refaccionaria transparente y gris, con tal fuerza que la deja abierta.

-Buenos días.
-Buenos días.

-Necesito un alternador para el carro que está allá afuera.

-No sé qué carro es, no lo veo desde aquí.

-Es un Chevi Nova 81.

-Creo que de casualidad tengo uno, pero ya no se encuentran piezas de ese.

Déjeme voy a buscar atrás ahorita vuelvo.

Entra en la refaccionaria el otro de los ladrones y comienza a sacar artículos cubriéndolos con un rompe vientos rojo, se cuida muy bien de las cámaras, sabe que el encargado va a tardar, así que hace cuatro recorridos, del carro a la tienda y de la tienda al carro, siempre con la gorra hasta las cejas para que no le distingan si lo logra cachar la cámara.

-No encuentro.

-Yo ya fui a preguntar y es un Marquiz del 89.

-De ese creo que sí. Espéreme otra vez.

Entra en la refaccionaria de nuevo, el otro de los ladrones y realiza la misma actividad solamente en dos ocasiones.

-Encontré uno, ya tenía algún tiempo.

-Qué bueno porque he ido a varios negocios y no me han podido encontrar uno. ¿Cuánto es, señor?

-Déjeme checar en la computadora.

-Claro que sí.

-¿Cómo le ha ido en estos días?

-Pues fíjese que esta flojona la cosa, hay pocas ventas.

-¿Cuántas veces lo han chingado?

-¿Cómo que "chingado"?

-¿Cuántas veces lo han robado?

-Nomas una.

-Ah, no le creo.

-Cuesta 800 pesos. Nomás una vez, de suerte.

-Pues tráigala.

Entra otra vez el ladrón pero ya no agarra nada, se va derecho al mostrador, y se queda a un lado de Doroteo.

-Sí, mire, aquí está. ¿Qué se le ofrece?

-Vengo con él.

-Ah, está bien.

-Entonces nada más le han robado una vez.

-Sí.

-¿Cómo ves que nomás una vez lo robaron?

-Nombre, pos está bien.

Gasbi agarra el alternador del mostrador y sale del negocio.

-Son 800 pesos.

-Nombre, compadre, esta es la segunda vez. Dame el dinero que tienes en la caja y no la hagas de pedo porque en el carro traigo la fusca -le va diciendo mientras saca la daga que trae en el pantalón.

-Ay, cabrones, ya me chingaron. Bueno, espérame.

-No, cuál espérame. Apresúrate, culero.

El encargado abre la caja registradora y comienza a sacar dinero, le entrega dos billetes de 200, Doroteo, le pide que levante con señas, el encargado quita una tapa y ahora saca billetes de 500 y se los entrega. Doroteo escucha que pita el carro y sale corriendo acomodándose en la bolsa del pantalón los billetes que le entregaron.

El carro arranca y en ese momento va llegando un motociclista que trabaja repartiendo refacciones. Entra a la refaccionaria y el encargado le dice que le acaban de robar, el motociclista, vuelve a su moto la arranca y los persigue. El carro está detenido en un semáforo, y la moto se acerca rápido, Adán lo ve por el espejo. El semáforo cambia. Patinan las llantas. Da una vuelta en U para irse de frente al motociclista. Este al ver que el carro se le va encima, se sube hasta la banqueta, acomoda su motocicleta y se va detrás de ellos. Alcanza, en el movimiento de acomodar la motocicleta, a recoger un pedazo de block. Los semáforos están en verde, el carro avanza con gran velocidad, pasa de nuevo por la refaccionaria, y el encargado los ve y les raya la madre, la motocicleta detrás. Dos esquinas más adelante da vuelta el carro y se detiene, los tres se bajan a enfrentarse al motociclista, que no tarda mucho en llegar, Adán trae un bate de béisbol, Gasbi una llave inglesa grande y Doroteo la daga en la mano izquierda. Al dar vuelta y verlos el motociclista, se detiene, les avienta el pedazo de block, pegándole al carro en la defensa, voltea a ver a los lados como

buscando algo más que aventarles y no encuentra nada. Acomoda el vehículo.
Se regresa.

Los tres ladrones se suben al Marquiz y éste ya no quiere funcionar. Adán se baja apresurado. Echando maldiciones. Abre la cajuela y saca un acumulador.

-Todavía traes esa batería.
-Pos todavía jala.
-Pensé que ya la habías tirado.
-Nombre, la iba a vender pero no me la compraron.
-Qué bueno que no te la compraron.

Abre el cofre del carro, voltea la pila con los postes para abajo, acomoda positivo con positivo y negativo con negativo, saltan chispas cuando Gasbi le da marcha. Pasa una patrulla por la calle de la refaccionaria y la voltean a ver los ladrones.

-Apresúrate, güey, ya va la policía.
-No quiero estar de nuevo en el bote.

Cierra el cofre, sube, arranca el carro y se van con rumbo a Guadalupe.

CAPITULO VI

Del nacer.

Esta   oscuridad   no   puedo

nombrarla, no puedo sentir más

que un vértigo, que me arrastra, un

remolino

se abre a una oscuridad que no conozco, un túnel.

Siento c

a

e

r.

Siento por primera vez

la angustia. Siento y

es difícil hacerlo.

Los huesos

pesan, unos

nervios

desgarran, un

musculo aprieta,

una piel como

un

latigazo enorme, en

medio de esta

fundición:

yo,

con mi nueva

angustia.

Yo sufriendo.

Yo desgarrado.

Yo aplastado por

un fierro caliente.

Yo tatuado con ácido.

Yo con agujas por vellos.

Yo sufriendo vapores

sulfurosos. Yo que nazco.

Primera hora del lunes. Un grito despierta a los vecinos. Nadie se da cuenta de lo que ha sucedido. Un grito de hombre, ondas expansivas que estremecen a los dormidos. Algunas casas prenden los focos, y se asoman a la calle esperando ver una tragedia, o, auxiliar al infortunado. Pero no hay nada, no hay nadie que desfallezca, la calle está desierta, unos vecinos miran a otros y se preguntan qué es lo que ha pasado y responden con un "no sé" en ademanes.

Poco a poco la calle se va quedando sola de nuevo, alguno que pasa en bicicleta, alguno que pasa ebrio caminando, agarrándose de las paredes, árboles y barandales; algún carro entre la quietud y agonía de la madrugada, entre la soledad que murmura toda la noche, con acento de avenida y camión urbano. Queda la calle sola. Los jardines que también se habían estremecido están quietos, la puerta cerrada por dentro, la habitación oscura y húmeda, se escucha por primera vez una respiración, algo agitada, algo asustada.

Él, está, ahí, recostado entre sabanas empapadas de algún líquido sueroso, empapado, él también. Se escuchan gemidos de dolor, movimientos involuntarios de extremidades que rosan con las telas. Pronto duerme de nuevo. Sus ojos están llenos de oscuridad a esa hora, sus oídos captan el ruido citadino. El aire huele a suero y medicinas, alcohol y sangre. Afuera pronto se va asomando el sol, las estrellas van desapareciendo, y la oscuridad entre ellas se va haciendo gris, una oscuridad gris, poco a poco un celeste muy tenue, un celeste finalmente con tonalidades moradas en las nubes.

Pero dentro de la casa, las ventanas se han tapado, el sol no encuentra rendija por donde colarse y llegar hasta las esquinas de
 ese cuarto, o el cuerpo que se encuentra dormido, desnudo, ahora ya seco, respirando de la forma más tranquila que ser humano pudiera llegar a respirar. Un recién nacido sin angustia del mundo, un ser que no ha terminado de despertar a la vida, que no conoce el mundo, que no sabe dónde está recostado, no sabe de la ciudad y sus destinos, ni de los campos lejanos, ni de las calles violentas, lo silvestre y lo urbano es indescriptible.

Llega el mediodía, las ventanas siguen cerradas. No hay un rayo de luz que penetre el metal de un milímetro y pintura negra. El sol a plomo y él ahí recostado, recuperándose del dolor de nacer, sigue gimiendo de vez en cuando, un catéter por donde entra un suero más enriquecido que el de los hospitales, y un sedante que lo mantendrá dormido por algunas semanas más, mientras la hipnopedia hace su trabajo.

CAPITULO VII

El gato negro dentro de la casa, en la barda y en el patio de la vecina.

LLLaaasss aaalllmmmooohhhaaadddiiilllllllllaaasss dddeee sssuuusss pppiiieeesss

vvvaaannn aaapppoooyyyaaánnndddooossseee eeennn eeelll pppiiisssooo

bb
blllaaannnccccooo, cccooommmooo cccaaayyyeeennndddooo

sssuuuaaavvveeemmmeeennnttte hhhaaaccciiiaaa lllaaa nnniiieeevvveee: lllaaa

uuullltttiiimmmaaa hhhooojjjaaa dddeeelll aaárrrbbbooolll dddeee

mmmaaapppllleee, cccooommmooo UUUNNN GGGIIIGGGAAANNNTTTEEE

EEELLLL GGGAAATTTTOOO CCCAAAMMMIIINNNAAA, ssseeeggguuurrrooo dddeee

sssiií mmmiiisssmmmooo, aaapppoooyyyaaannndddooo lllaaasss

aaalllmmmooohhhaaadddiiilllllllllaaasss dddeee sssuuusss pppiiieeesss eeennn

lllaaasss bbbaaalllddooosssaaasss bbblllaaannnccccaaasss, **nnneeegggrrrooo**

sssuuu pppeeelllaaajjjeee cccoooonnnttttrrraaasssttttaaa dddoooonde hhhaaayyy

llluuuzzz,

pppooocccooo

aaa

pppooocccooo

ssseee

vvvaaa

cccoooonnnvvviiirrrttttiiieeennndddooo

eeennn

sssooommmbbbrrraaa yyy dddeeessspppuuueeésss eeesss pppaaarrrttteee dddeee

lllaaa ooossscccuuurrrrriiidddaaaddd, hhhaaa eeennnnttttrrraaadddooo eeennn lllaaa cccaaasssaaa yyy hhhaaa eeennnttttrrraaadddooo eeennn eeelll cccuuuaaarrrtttooo dddoooonnndddeee eeessstttaaa eeélll, rrreeecccooossstttaaadddooo, aaauuusssseeeennnttteee dddeeelll mmmuuunnndddooo, pppeeerrrdddiiidddooo eeennn uuunnn ppprrrooofffuuunnndddooo sssuuueeeñññooo qqquuuiiímmmiiicccooo.

EEElll gggaaattttooo eeessstttaaa aaahhhiií jjjuuussstttooo eeennnfffrrreeennntttteee dddeee lllaaa cccaaaammmaaa, sssseeeennntttaaadddooo eeennn sssuuusss pppaaatttaaasss tttrrraaasssseeeerrraaasss, oooolllliiieeennndddooo eeelll ppplllaaaásssttttiiicccooo yyy eeelll sssuuueeeerrrooo, lllaaa cccooooolllcccchhhaaa yyy eeelll sssuuudddoooorrr hhhuuuummmaaannnooo.

Ppoodeemmooss iimmaaggiinnaarrlloo ccoonn llaa lluuzz ddeell ppeennssaammiieenntto, uunnaa mmaanncchhaa ddee ttiinnttaa nneeggrraa ccoonn ssuu ccoollaa mmeecciieennddoossee, uunn ssuueeññoo ccoommoo hhoojjaa ddee ppaappeell aarrrroozz. SSií ttuuvviieérraammooss uunnaa ccaámmaarraa ddee vviiddeeoo ddee aallttaa ddeeffiinniicciioónn ggiirraammooss aallrreeddeeddoorr ddeell ggaattoo yy vvaammooss vviieennddoo ssuuss ddooss oorreejjaass, ssuu rroossttrrroo, vveemmooss ssuu oojjooss, qquuee mmiirraa eenn llaa nnoocchhee ssuuss pprreessaass; eenn eesssttee ccaassoo, aatteennttoo eessttaa aa llaa rreessppiirraacciioónn ttaannttoo aa llaa pprrooppiiaa ccoommoo aa llaa ddee eéll, ssaabbee qquuee aall eexxhhaallaarr eess eell mmoommeennttoo ddeell aattaaqquuee, eess eell mmoommeenntoo pprreecciissoo ddee hhaacceerr eell mmeejjoorr mmoovviimmiieenntoo yy llooggrraarr lloo qquuee uunnoo ssee pprroopoonnggaa, ppeerroo eess ppaacciieenntee, hhaayy qquuee ssiinnccrroonniizzaarr llaass ffrreeccuueenncciiaass rreessppiirraattoorriiaass, ppaarraa llooggrraarr ssiinnccrroonniizzaarr llaass ffrreeccuueenncciiaass ccaarrddiíaaccaass yy aassií aapprrooppiiaarrnnooss del pensamiento de la presa.

EEEsss pppaaacccciiieeennntteee, mmmiidddeee cccaaaddddaaa ssseeegggguuuunnnddddooo, yy mmiirraa ffiijjaammeenntee, rreeccuueerrddaa eennttoonncceess aallggoo, detiene el ataque mental.

La habitación alberga un sonido biológico diferente, el gato ha maullado y se va perdiendo el sonido en las paredes,

en las colchas,

en el hombre,

la pieza absorbe el sonido.

Se han sincronizado, como dos relojes puestos a la misma hora, como las mariposas que viajan a los bosques del sur; es hora, es ahora cuando esa mancha se agacha, extiende sus garras, posición de ataque, felino en la selva o el desierto; que acecha un tapir o un venado, un búfalo o un impala.

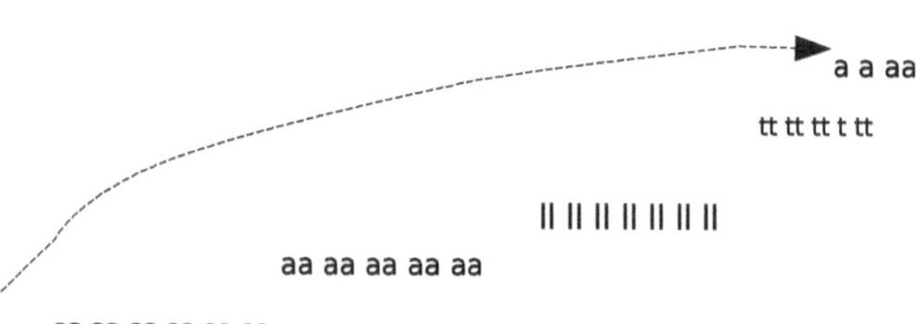

Y despierta. El gato hace que los tubos que lo mantenían, se safen, en la oscuridad, se oye como caen las cosas, metales, vidrio, un cuerpo humano queda tirado en el suelo, desnudo, con algunas heridas, que agujas al salirse del cuerpo dejaron.

El día sigue, la tarde cae si remordimientos sobre los paisajes urbanos, y él está ahí tirado doliéndose, el gato se recostó cerca. El hombre se estiro unas dos veces y se volvía a acostar, hasta que a tientas se levantó, y abrió la puerta. La luz entro, por primera vez sus ojos conocieron los colores y los nombro de memoria, el blanco, el gris, un celeste desgastado. El gato paso cerca, corriendo, y llamo su atención. Lo siguió hasta el patio, caminando todavía con algo de dificultad, aventando puertas, recargándose en muebles de hospital, tumbando cosas de vidrio y escuchando algunos motores de abanicos que enfriaban aparatos costosos. En el patio no había nada, como una instalación minimalista, como una caja de cemento gris y en medio el gato esperándolo, retando a que lo atrapen. Corre y brinca la barda. Él hace lo mismo con algo de dificultad, cae al otro lado, sobre un maceta y reventando un tendedero.

CAPITULO VIII

De la llegada del marido y la huida.

Esta vez no almorzará sola, el despertador suena y de un manotazo lo avienta al suelo, en el acto se desconecta de la corriente eléctrica, no quiere levantarse aun.

Está cansada, está contenta. Nunca pensó que haría lo que acababa de hacer, ha sido valiente, ha roto las reglas, lo prohibido es sublime.

Respiran los dos lentamente, la mañana es fresca, las sabanas tibias, el sonido del ventilador inunda el universo y los arrulla. Entre sueños escucha el carro de su marido. Le dijo que tardaría dos días más, ¿Qué Sucedió?

Despierta y de un golpe en el pecho con la mano abierta le hace saltar.

—Levántate, llego él. Vete al cuarto que está solo. Y espera, no vayas hacer ningún ruido.

Se levanta y desnudo, abre la puerta de un cuarto sucio, sillones amontonado, algunos libros y revistas sobre una mesa, una televisión con polvo sobre una vieja silla de madera, bolsas de tornillos de diferentes tamaños y formas, acomodadas en la orilla de una pared, y en una esquina un colchón tirado donde se acomoda Panchito. ¿Panchito? ¿Quién dijo que se llamaba así? Después de verlo por la ventana, el temor la invadió, pero pronto, sintió ternura por aquel joven.

Afuera se oye una puerta que se abre con fuerza, y entra gritando y cuestionando porqué no tiene el café listo, sube a la recamara, las voces son imperceptibles, pero el tono es de discusión, unas pisadas con zapatos que caminan a un lado, se detienen, caminan a otro, se detienen; bajan las escaleras, abre la puerta y la azota, arranca el carro y se va, ella entra, y habla con voz tierna.

– Ven a acostarte otra vez conmigo.

Dos horas pasaron desde el incidente, ell3a le esta probando una ropa de su marido que ya no le quedaba, parece una niña vistiendo su muñeco, ahora pruebate esto, ahora pruebate eso, "como que te queda mejor, como que eso no, me gusta mejor verte desnudo". Le quedo un pantalón de mezclilla y una camisa a cuadros amarilla, unos zapatos cafés de goma.

Entre los dos van acomodando la ropa y los zapatos, bajan al patio, el carro suena de nuevo. ¿Por qué regreso a esta hora? De nuevo la adrenalina la inunda.

– Vete, mejor regresa a tu casa.

El de nuevo brinca la barda, y se encuentra frente a frente con el gato. Se quedan mirando mutuamente por un instante, el gato voltea y analiza su alrededor, voltea a ver de nuevo a Panchito, y huye.

Va de nuevo tras él, brincan una barda el gato y brinca una barda Panchito.

Camina por la orilla de la barda y camina tras él Panchito. Tres bardas separaban la calle de la casa y las tres las brincaron, la más difícil fue la última, tenía más altura, pero una silla y un tanque de gas, hicieron las veces de escalera.

Cae fuera y se asusta al ver la inmensidad del mundo que parece detenerse a la distancia, oye el silbato del tren a lo largo y recuerda haberlo escuchado antes, por lo que detiene la respiración agitada para escuchar mejor, el sonido del tren le causa una especie de sopor, un pequeño trance.

Pasa el tren y el gato ya no está, por la distracción logro huir. Ahora se encuentra solo y a un lado de una gran pared que no lo va dejar regresar a su casa. El sol calentó el ambiente hasta los 33 grados y sigue aumentando. Un parque a lo lejos, un ligero vientecillo, y el carro del marido que pasa por ahí con ella en su interior. Le pide que se suba, al tratar de abrir la puerta, la mira con sangre en la pierna, se asusta y corre rumbo al parque mientras ella le grita que regrese.

Llega al parque, el carro que se acerca, corre de nuevo cruzando el parque. Llega a otra colonia mientras que el carro llega, da vuelta en una esquina y se sube a un árbol. El carro pasa. Ella no logra verlo.

CAPITULO IX

De la ciudad y sus demonios.

Al bajar del árbol, por fin pudo contemplar la ciudad, la calle en la que estaba parado se extendía hasta donde la vista alcanza. Al menos dos avenidas se distinguían a lo lejos. En la siguiente cuadra pasó el carro de la vecina apresurado. Al verlo Panchito se agachó detrás de un tambo de basura, pensando que tal vez podría verlo. No recordaba entonces el regreso a la casa, quería estar de nuevo en ese lugar con clima, recostado y durmiendo. Caminó unas cuadras, hacia el este, unas al sur y otras más al oeste, no recordaba en ese momento el camino. Así que decidió caminar, simplemente.

Al principio cuando estaba asustado buscando su casa, caminaba apresurado y sin distinguir los detalles. Pero cuando por fin decidió que simplemente caminaría, se fue dando cuenta de los barandales con fierros retorcidos, que dejaban que los helechos o albahaca salieran entre sus huecos. Florecillas blancas en algunos porches, casas amarillas, verdes, azules, blancas, una que otra roja, de dos pisos, aun en obra gris, algún tejaban, y los árboles, siempre los arboles dando sombra, framboyanes, muchos ficus con sus raíces quebrando despacio las banquetas, truenos viejos que han alcanzado algunos metros, podados para que los cables de luz no se tensen y en algún momento se rompan. Panchito seguía caminando.

Y los ruidos comunes, a lo lejos el camión urbano con problemas en los frenos hacia rechinar las balatas, a veces, un claxonazo de otro conductor que apresurado casi chocó con otro que se detuvo a bajar a una pasajera con antojo de un helado; la televisión con el programa de la media mañana, con lo gritos de alguna conductora que para entretener al público televisivo, hace lo que sea; el estéreo de la vecina enamorada que escucha la música vallenata, y mientras realiza el aseo canta la canción a todo pulmón sin saber que desde afuera la están escuchando.

Y así caminando llega al puente de la avenida Lazaro Cardenas, y queda impresionado, primero por la altura, abajo corre el río Santa Catarina, con una caudal suave, aguas cristalinas que desde ahí deja ver el movimiento de las plantas acuáticas, algas de un verde fuerte, como cabelleras, como pastos largos que un viento fuerte quiere arrancar; las piedras azules y redondas, y la basura acumulada en las orillas. Por abajo del puente también pasa el Bulevar Miguel de la Madrid, que es más una avenida que un bulevar, y por la otra orilla la extensión de Morones Prieto, que sube y se incorpora a Lazaro Cardenas. El sol a plomo intensifica los colores de las algas a lo lejos, de los carros recién lavados que pasan tanto por abajo, como por encima del puente.

A la mitad del puente se detuvo, miró hacia abajo y la altura le atrajo, le hipnotizó, poco a poco se va acercó más, y más, el barandal de protección le llegó a la cintura y el se ha agachó, un pie se le quiso resbalar, y sintió la adrenalina, una mano lo tomó de su hombro.

– ¿Qué le pasa amigo?

Reaccionó, retrocedió y volvió a caminar, mientras el hombre aquel se alejaba sin dejarlo de mirar, como pensando que tal vez Panchito se quiso suicidar, pero sabemos que no es así, solo quedó impresionado por la altura y el correr del agua a la distancia.

Siguió caminando por toda la venida Lazaro Cardenas, se impresionó al ver el centro comercial, los puentes peatonales, y tantos negocios, llegó a Pablo Livas y siguió hasta la avenida México, caminó demasiado, ya el sol estaba llegando al horizonte, ya le dio mucha sed, y hambre.

El olor de la carne asada llegó de repente, el humo del carbón, las tortillas y la cebolla, que sale de los "Tacoz Guero loz mejorez". El hombre detrás del mostrador, le pregunta que se le ofrece y Panchito le dice que tiene hambre.

Agarró un pan blanco y lo puso encima del metal, esperó a que se calentara y lo tomó, sacó del aceite con manteca de puerco, cebolla y la untó en el pan, de una olla tomó carne que previamente había cortado en pedacitos, y la puso encima de la cebolla, se lo dio y Panchito comió y bebió una coca-cola.

Salió del local sin pagar, el que le atendió no tuvo reacción alguna. Mas el dueño que se dio cuenta desde el fondo, se enojó y comienzo a regañar al taquero. Con insultos, le reclamó por qué no le cobró, la discusión se hace y por fin, el taquero avienta el delantal y sale mentándole madres al dueño. Panchito volteó al escuchar "ya me tienes hasta la chingada" y siguió su camino.

***

Ya huele a sudor de todo el día, ya los pies le duelen de tanto caminar, una banca en un placita es buen refugio; se encuentra a la orilla de un pequeño arroyo, por donde pasa algo de agua. No ha llovido desde hace dos meses, así que poco a poco se secó el caudal que viene desde el cerro de la silla. En los límites de Guadalupe y Villa Juárez la gente no tiene problemas, no se sienten alejados unos de otros solo por ser de diferente municipio, al contrario son buenos amigos, y lo demuestra la pandilla que por la parte baja de la placita se ponen a fumar mota y a escuchar reggae, con lector de discos, unas bocinas y una batería de carro. Emanan canciones de Bob Marley, Alika, Modoro, y con un churro en la mano y una caguama en la otra se pasan los días.

Panchito con una torta en el estómago, consigue dormir. La banca aunque incómoda, de metal duro, logra con el cansancio convertirse en el colchón más suave.

Va caminando entre la ciudad, un carro se detiene y la vuelve a ver, tiene el gato destripado entre sus manos, y llena de sangre la cara, el marido va en el asiento de atrás y le dice que no es de aquí, que se vaya lejos. En el carro se escucha la canción de Woman no cry, el gato se despierta, le mira, y le salta por la ventana.

– Compadrito. Compadrito, ¿No traes un varo?

La canción de Bob Marley suena a lo lejos, un muchacho con una gorra de Edd Hardy, una playera brillante larga, casi hasta las rodillas, unos pantalones grandes, le está hablando. Lo mueve, y de un sobresalto, se despierta y lo mira sin reconocerlo, aun entre el sueño y la vigilia le dice que no.

– Nombre carnalitos, este vato es un vago- les grita a los que

están asomándose, por el barranco.

– Chíngalo entonces- le contesta.

Intercambian las miradas y el muchacho se compadece de él, solamente lo

avienta de nuevo a la banca y Panchito se queda inmóvil, tratando de entender

lo que acaba de pasar.

CAPITULO X

De la aventura de los adolescentes y Panchito.

No descansó bien. Hasta las cuatro de la mañana durmió tranquilo, cada uno de la pandilla se fue retirando y el último, a esa hora apago los aparatos. El calor se apaciguó. Un vientecillo fresco mueve los árboles.

A las seis y media de la mañana empieza a escucharse de nuevo voces jóvenes, por ahí pasan los estudiantes de la Escuela Secundaria Técnica # 70.

Gritos de muchachitas para otras muchachitas o muchachos, el rechinido de los frenos de los camiones que bajan pasaje, una grúa y maquinaria que está trabajando en arreglar un puente que un huracán tumbó; todo eso despierta a Panchito.

David ve por primera vez a Panchito recostado en la banca y Monica lo sorprende con un beso en la mejilla. Él la toma de la mano y la conduce donde paso la pandilla la noche. Ahí esperan a que se llegue la hora de entrada y después podrán salir de su escondite, por lo pronto se besan y platican en voz baja.

A lo lejos se oye el timbre y el altavoz dando instrucciones "Les recordamos que deben portar el uniforme de la manera correcta, cinto y fajados los hombres; las faldas de las mujeres abajo de las rodillas. Maestros por favor vigilen a esos alumnos." David se quitó la corbata, desfajado, arremangado y desbotonado la camisa; Monica subió la falda, se hizo un fleco largo al frente y una cola de caballo. "Por favor entren a los salones en orden y sin perder la fila. No se salgan de las filas. Por favor mantengan la fila maestros." Se besan como se pueden besar dos adolescentes, con ternura, con un amor que se va por todo el arroyo e inunda la ciudad, el país, el universo, se expande hasta alcanzar toda la materia.

La ciudad no deja de emitir su bramido; tanto lo ha escuchado que ya se acostumbró a el, así que por eliminación todo está en silencio, el susurro de los amantes no se cuenta, la respiración pausada de Panchito no cuenta, el murmullo de los salones a lo lejos no se cuenta y el paisaje es relajante: unos árboles de mezquite, unas bancas rojas, óxido que desprende la pintura, un ser durmiente y unos amantes que juegan con sus labios.

Se sientan a esperar la nada, el tiempo es suyo, la soledad no existe.

Se sienta, ha dormido los suficiente, mira a su alrededor, el parque, una cancha de basketbol sin tableros y unas porterías gruesas, de nuevo los árboles y matorrales, unas casas más allá y una secundaria guinda donde hay un maestro de Educación Física haciendo ejercicios de respiración.

– Oiga, oiga. Nos dice cuando se vaya el maestro de Educación Física.
Porque después nos cacha y nos mandan hablar a trabajo social.
– Pero nos dice porfa.

Siguen los susurros abajo. Y el maestro forma a los alumnos para entrar al salón, suena el timbre para el cambio de hora.

–¿Ya se fue?- y se asoman por la orilla del barranco, Panchito asiente con la cabeza.

Salen mirando hacia la escuela y llegan al lado de Panchito. Le preguntan varias cosas y ella lo invita a que los acompañe, le dice que le cayó muy bien, David hace unos gestos, pero acepta, quería pasar la mañana solo con ella y divertirse juntos, por primera vez se había atrevido a faltar a la escuela, y quería que valiera la pena. Los tres se sienten algo nerviosos, caminan por unas calles que no están pavimentadas, en esta parte hay lodo los días de lluvia y polvo cuando el sol reseca el ambiente. En esta parte de la ciudad hay quintas, unas con alberca, otras con canchas de tenis, otras simplemente están abandonadas, y unas más tienen muchos árboles de naranja, limón, incluso plantas de piña.

–Vamos a ir al ojo de agua.
–Dicen que está muy bonito, que arreglaron, hicieron una presa y se puede nadar.

Los Ojos de Santa Lucía no era el único manantial de agua que había en el Valle de Monterrey, a la orilla del Cerro de la Silla hay más, que alimentan el río La Silla. Los tres se dirigen al que más agua le brota. David sabe por dónde, pero tiene que pasar por una quinta.

Por fin llegan a una malla, detrás hay anacuas y una casa grande, un patio con césped cuidado y podado, rosales e hileras de truenos en forma rectangular. Miran hacia dentro, David sabe que deben llegar atrás de la casa. El vigilante esta recostado en un viejo sofá y un jardinero siembra unas flores en hilera.

David les dice lo que tienen que hacer. Caminan agachados por la orilla del terreno, y encuentran una acequia, ramas y basura por abajo de la malla, con cuidado David toma un tronco grande de un lado, lo levanta y mueve junto con la basura y las ramas, una abertura por donde caben.

Primero entra David animando a los demás, seguido de Panchito; con mucho temor y murmurando que mejor deberían estar en la escuela, entra ella.

Caminando despacio y agachados se van escondiendo del vigilante y el jardinero, hay humedad en el ambiente, David recuerda cuando entraba con sus amigos sólo para hacer enojar al vigilante, pensando que estaban en la selva de Vietnam, que eran soldados americanos y traían ametralladoras, que en realidad eran unas huleras, se acercaban lo más que podían y le tiraban al vigilante, dejándole en una de esas ocasiones chipotes en la cabeza, en otra ocasión construyeron un escondite con basura, ramas y placas de concreto de una construcción que mandaron tumbar los dueños, y ahí acudieron por varias semanas hasta que recogieron la basura, quemaron las ramas y tiraron el concreto en un desnivel.

Esta vez es diferente, es el líder, el que conoce los recovecos de esa selva, y como pasar al otro lado sin que se den cuenta. Llegan a una alberca vacía y entran en ella, es larga y permite que caminen erguidos y descansen, ahí le vuelve a repetir Mónica que mejor deberían regresar a la escuela, y David con ademán le dice que se calle. A lo lejos ladra un perro, tal vez escucho el chistido de David, quien camina más rápido al oírlo y apura a los demás, salen de la alberca y miran hacia donde está el perro, una cadena lo ata a un poste, ladra mirando hacia ellos pero después se calma y los tres suspiran aliviados, el vigilante se puso alerta y miraba hacia la alberca, no los alcanza a ver porque están acostados tras un montículo de tierra, pero David logra verlo a travez de unos matorrales. El vigilante le grita al perro que se calle y éste contesta con un quejido y se sienta avergonzado. No tardó mucho en volver a recostarse, ellos salen de su escondite y siguen caminado por entre las anacuas, llegan a una hilera de truenos recortados a metro y medio, caminan y llegan al final, son 4 metros en los que quedan al descubierto para poder llegar a la parte trasera de la casa, y los puede ver el jardinero que está de frente, aunque ocupado.

David le dice a Panchito que vaya por delante y este corre hasta una columna que sostiene un balcón, y donde ya no puede ser visto, Mónica le vuelve a decir que mejor deberían estar en la escuela y que tiene miedo, le contesta que no se preocupe, que no va a pasar nada y corre al lado de Panchito, desde el otro lado le pide que salga. Ella titubea y sale corriendo, pero retrocede casi a la mitad, mira a David y le dice con la cabeza que no, él le contesta con la mano que valla, de nuevo sale corriendo, pero esta vez escucha al jardinero que le grita.

Los han descubierto, el jardinero le habla al vigilante y entre los dos corren a donde vieron a Mónica, pero ellos ya no están, lograron salir. Al oír el grito del jardinero, los tres corrieron a un portón, y quitaron una aldaba, salieron a la última de las calles, a partir de ahí esta el monte, sólo hay que cruzar un alambre de púas, hay basura y olor de animal muerto, matorrales, más árboles y otra vereda.

CAPITULO XI

Del ojo de agua, la despedida y de nuevo en la ciudad.

Caminaron alrededor de cuarenta minutos, platicaban de la escuela y Panchito simplemente los escuchaba. Caminaron por entre el monte, en silencio siguiéndose unos a otros, moviendo ramas de árboles y matorrales, todo el lugar verde y húmedo, el arroyo que se escuchaba siempre a un lado del camino.

Por fin llegaron al ojo de agua. David venía preparado, abajo del pantalón traía un short.

Panchito se sienta en la sombra de una anacahuita y mira entre sus ramas un nido de cardenal y logra escuchar a los pillidos que se pierden con los gritos de Mónica que recibe agua helada de una pequeña represa.

David muestra sus dotes de nadador, y le quiere enseñar a Mónica. Juegan, se divierte y se olvidan de Panchito. Pero pronto les da hambre y le gritan a Panchito que de sus mochilas saque el lonche.

Salen remojados del agua y se acercan. Agarran tacos de frijoles con huevo que preparó la mamá de David y un sándwich que hizo la mamá de Mónica.

Después descansan los tres bajo ese árbol de flores blancas.

Se levanta, y camina de regreso, Mónica lo ve y sale del agua, le dice que no se vaya, y le da un beso en la mejilla mientras David está nadando bajo el agua. Pero Panchito decide dejarlos solos.

Ve de nuevo la Quinta por donde pasaron, prefirió mejor irse por un camino de terracería.

Va mirando terrenos que están muy descuidados, y por donde pudieron haber pasado antes sin andar arriesgándose. Camina y camina, llega a la calle Acueducto, ahí ya está pavimentado.

Le sigue el sol como perrito faldero.

CAPITULO XII

Lo urbano.

Me deshice de ese vagar entre las

sombras, de ese vivir entre los muertos

nunca caminarán en los escombros de esta

tierra, entre asfaltos,

caminos ardientes.

Me deshice de la angustia

            pesada de lo eterno,

de estar sincronizado,

de no vivir lo breve.

Camino entre las sombras de unos

árboles que apenas toman sol,

me hago de ciudad los ojos,

los colores que se diluyen

fácilmente con el viento

y las horas,

me hago con los gritos de los

carros una bufanda que aparenta

no estar, invisible,

pero solida como el edificio a lo lejos,

rojo,

estrecho,

oval.

Camino y cala de nuevo la sed,

camino y calan los zapatos que un poco sueltos detienen las lombrices

que un sol hambriento aleja del concreto.

Cuanto paisaje: basura,

cadáver,

cadáver viejo de gato nuevo,

lata rojinegra,

verdiazul,

        grisácea,

bolsa: si fuera de noche sería mi morada.

Cuánto paisaje.

Tendidos los cables de luz, tejen la ciudad eléctrica:

la sangre que llega a cada célula, llamada casa, con su órganos internos.

Caminó por las calles del oriente, faldeando el Cerro de la Silla, sin sombra,

perrito faldero, llego a la calle Eloy Cabazos, y miro los juegos de Bosque Mágico, miro las hermosas esculturas de animales que no logro distinguir, miró la

entrada del Parque la Pastora y voy por toda la orilla de la cerca de alambre.

X	X	X	X	X	X	X	X	X	X	X	X	X	X	X	X	X	X	X	X	X	X	X	X	X	X	X	X	X	X	X	X	X	X	X	X
X	X	X	X	X	X	X	X	X	X	X	X	X	X	X	X	X	X	X	X	X	X	X	X	X	X	X	X	X	X	X	X	X	X	X	X
X	X	X	X	X	X	X	X	X	X	X	X	X	X	X	X	X	X	X	X	X	X	X	X	X	X	X	X	X	X	X	X	X	X	X	X
X	X	X	X	X	X	X	X	X	X	X	X	X	X	X	X	X	X	X	X	X	X	X	X	X	X	X	X	X	X	X	X	X	X	X	X
X	X	X	X	X	X	X	X	X	X	X	X	X	X	X	X	X	X	X	X	X	X	X	X	X	X	X	X	X	X	X	X	X	X	X	X
X	X	X	X	X	X	X	X	X	X	X	X	X	X	X	X	X	X	X	X	X	X	X	X	X	X	X	X	X	X	X	X	X	X	X	X
X	X	X	X	X	X	X	X	X	X	X	X	X	X	X	X	X	X	X	X	X	X	X	X	X	X	X	X	X	X	X	X	X	X	X	X
X	X	X	X	X	X	X	X	X	X	X	X	X	X	X	X	X	X	X	X	X	X	X	X	X	X	X	X	X	X	X	X	X	X	X	X
X	X	X	X	X	X	X	X	X	X	X	X	X	X	X	X	X	X	X	X	X	X	X	X	X	X	X	X	X	X	X	X	X	X	X	X
X	X	X	X	X	X	X	X	X	X	X	X	X	X	X	X	X	X	X	X	X	X	X	X	X	X	X	X	X	X	X	X	X	X	X	X
X	X	X	X	X	X	X	X	X	X	X	X	X	X	X	X	X	X	X	X	X	X	X	X	X	X	X	X	X	X	X	X	X	X	X	X

CAPITULO XIII

De la llegada de Panchito con el mecánico.

No duro mucho tiempo antes que el tráfico se atascara. El conductor se bajó del carro y levantó el cofre de enfrente, al ver esto los que venían detrás de él comprendieron que estaba descompuesto. Panchito se molestó por el ruido intermitente de los claxon.

El conductor le habló, y le dijo que le ayudara a mover el carro. La carrocería, a punto de fundirse, y las manos de los hombres que empujan ese automóvil de modelo 98. Por fin una pequeña saliente ven a lo lejos, y al acercarse se dan cuenta que es un callejón, o así lo parece. La malla de metal del Parque la Pastora da vuelta, y sigue hasta perderse entre un solar.

– Buenas tardes.

– Buenas tardes, ¿Qué se le ofrece?

  – Mire. Aquí a la vuelta, sin querer apagué el carro, ya no quiso prender. Creo que es la marcha. Aquí se lo dejo porque tengo que ir al trabajo, y a la tarde regreso.

– Sí, está bien. ¿El muchacho viene con usted?

– Sí, pero también se lo dejo para que le ayude.

El hombre sonríe y se va.

"Bien.

Pues mira, sí es la marcha.

Primero tenemos que verificar, para eso voy a darle, a la llave.

Mira me dicen Chevo, algunos así nomás. Otros, le ponen el Don, Don Chevo,

que la verdad a mí me gusta más.

Pues no, no da marcha, creo que sí es

eso. Lo que pasa es que soy muy

desconfiado. Siempre lo he sido.

Mira hay que levantar el cofre y ver cómo está el show, aquí dentro.

No confío siquiera en lo que todo mundo da por hecho.

Por ejemplo, en la escuela me decían que la tierra era redonda, pero yo no lo

creó, te voy a decir porqué.

Esta cosa es americana, son muy complicados.

Pero creo saber dónde está la marcha, voy a tener que traer el gato.

Apoco tú ves, que aquí donde estamos parados es redondo, sí, yo veo

todo irregular, nada más que los maestros no lo quieren ver, si la tierra

fuera redonda, estaríamos en liso, pero no lo estamos, hay cerros que

hacen la diferencia entre lo redondo y lo demás.

¿Sí me entiendes?

Hay que poner el gato cerca de las llantas delanteras, en este caso del lado

de piloto, porque ahí, por abajo del motor se encuentra la marcha.

No tendríamos, Cerro de la Silla o Cerro de las Mitras si la tierra fuera redonda, y

mi maestro me regañaba porqué, yo le decía lo contrario, dos veces me mandó

a la dirección, porque yo no aceptaba lo que me decía.

Ten esta llave, ahorita que me meta abajo y te la pida, me la das para quitar

la marcha.

Después aprendí que mis ideas, sólo eran para mi.

No dejó nada de dinero el señor que se fue, porque si es lo que creo, voy a necesitar de perdido unos doscientos varos.

Mi esposa, siempre decía que confiara en ella, y ya vez lo que pasó.

Me dejó por un vato que tenía dinero.

Se fue.

Mi hija es la única que vive conmigo.

A ella también le hicieron lo mismo y desde entonces, se vino a vivir aquí.

Esta cosa esta algo complicada, y el motor, a pesar del tiempo sigue un poco caliente, pero no importa, sí puedo sacar esta chingadera.

Lo bueno es que no la

embarazo. Eso creo.

No, pero mi hija es bien sincera, y dice que no...

CAPITULO XIV

Panchito se queda en la casa del mecánico y este le presta a su hija

No paró de hablar, le contó toda su vida mientras reparaba el carro. Panchito por su parte, afirmaba y hacía lo que le pedía. Camino diez cuadras cargando el acumulador del carro, para recargarlo, regresó cargando el acumulador las mismas diez cuadras, volvió a ir cargando la marcha, porque el mecánico no arreglaba lo eléctrico, regresó cargando el aparato del encendido del motor, sudando gota grande y escuchando las historias del mecánico, fue por un cartón de cerveza para el mecánico.

Al finalizar el día llegó el dueño del automóvil y le pagó cuatrocientos pesos al mecánico y a Panchito le dio cien, se aclaró todo y Panchito quedó desamparado.

"Bueno compadrito, pues, fue un buen día.
Ahora, ese vato se portó bien, yo le iba a cobrar solamente trecientos, como pensé que tu eras su amigo, casi cargaste todo tu solo hasta con el eléctrico y dos veces.
Sabes que me caes bien.
Es más quédate para tomarnos el cartón, si no lo acabamos vamos por otro, y luego por otro, nombre no te creas, nomás con dos vamos estar tirados, déjame traer dos sillas"

El mecánico entró a la casa y sacó bancos de madera, y hablaba de que los compro en San Luis Potosi, en un viaje con su esposa. Sentados los dos bajo un huizache. El mecánico se tomaba cinco botellas sin dejar de hablar y Panchito una, con sorbos de vez en cuando y haciendo gestos.

Fue terminando el día, con un vientecillo fresco al momento que el sol ya no daba directamente sobre el Valle de Monterrey, el mecánico y Panchito ya estaban ebrios. No terminaba de hablar, y fue por un six más, Panchito por su parte cabeceaba, y quería caerse del banco.

Llegaron juntos, el mecánico y su hija. Ella desde lejos reconoció que Panchito estaba tomando con su padre. Antes de llegar le preguntó que quien era, y el mecánico le dijo que no sabía, tuvieron una breve discusión mientras llegaban caminando. Saludó a Panchito con una sonrisa forzada y entró a la casa, el mecánico le vio el rostro al hacer el gesto y también sonrió.

Salió de nuevo la hija del mecánico.

—Oye ya voy a meter a mi papá. Nos vemos luego

—No, no, no. Él se va quedar en la casa.

—Pero papá ni lo conoces.

—A'que sí, me ayudo toda la tarde, es muy jale.

—Nombre ap'a.

—Ya te dije que se va a quedar, y se va a quedar.

– Bueno mire ahorita lo discutimos allá adentro.
– No, no, no. No hay nada que discutir.

– Bueno métase apa'.

– Si. Vente, tráete los bancos.

Entraron los tres a la casa, el mecánico agarrando los botes de tkt, la hija agarrando a su padre del brazo y Panchito tambaleándose con los bancos de madera. Dentro se sentaron los tres en la mesa redonda. Por fin estaba en silencio el mecánico, miraba que la hija miraba a Panchito, Panchito miraba para todos lados, tratando de comprender lo qué le estaba sucediendo.

– Sabes que, se va a acostar contigo.

– Nombre ap'a, como me voy acostar con este muchacho.

– Si cabrona, nomás nos vamos a tomar estas cervezas y te lo llevas a tu cuarto.

Panchito se recostó en su brazo derecho, y se comenzó a quedar dormido, escuchaba vagamente la discusión. No lograba entender. De pronto sintió un brazo que lo tomaba y lo levantaba, el mismo brazo lo condujo hasta una recámara y luego a un baño. Volteo a verla y sus ojos reflejaban fastidio. Le dijo que se desvistiera, mientras preparaba la regadera.

Panchito no hacía caso, ella lo desvistió con asco por el vomito en su ropa y lo metió bajo la regadera, mientras le decía que andaba bien pedo. Res

ba

lan

do

                                                    se por tratar de
mantener el equilibrio en dos ocasiones quedo sentado, se incorporó de nuevo y

sintió el brazo que lo detenía, era por demás, no se podía bañar solo, ella había

entrado. Le puso jabón y champú, algunas veces maldecía, pero no dejaba de

sostenerlo. Por fin le colocó la toalla y lo llevó a la cama, le dio uno bóxer, pero

no se lo ponía, sucedió lo mismo que en el baño.

Ella se fue a bañar antes de acostarse a un lado de la cama sobre una colcha y

una almohada de corazón.

CAPITULO XV

Llegan los ladrones con el mecánico, el recorrido con el eléctrico y Panchito se va con los ladrones.

Panchito tardó en despertar. Abrió los ojos y no reconocía el techo gris, nunca le habían pasado una brocha con pintura a toda la casa, ni a las ventanas, aún con el color bermellón que tiene cuando las colocan nuevas. Escuchaba a lo lejos al mecánico que cantaba, y silbaba. Se levantó aun con los bóxer que en la noche le coloco la hija del mecánico. La cabeza le dolía, la lengua seca. Salió del cuarto.

El mecánico ya tenía una taza de café en la mano y un pan con queso amarillo, descansando en un plato. La mesa blanca todavía tenía las seis latas vacías de cerveza. El mecánico lo vio y sonrió de burla.

– ¿Qué te paso?

La pregunta salió por la puerta con mosquitero oxidado, y se perdió. Panchito se sentó y se volvió a recargar en la mesa como la noche anterior. El mecánico no insistió en hablar, ahora le sirvió café y solamente dijo que había pan y queso en el refrigerador y apuntó a un aparato verde, viejo, con imanes descoloridos y estampas de marcas de comida.

El mecánico después de que todo el día de ayer hablo, esta vez, el silencio estaba en su boca, tomó el pan y mordió, y un trago de café le ayudó a pasar lo reseco de la harina.

Afuera llegó el carro, Marquiz 89. Bajan los tres individuos, mientras el chofer gritaba, el copiloto se baja con el alternador en las manos, y del asiento de atrás, el ladrón se levanta y toma del suelo del vehículo unos fierros en unas bolsas de plástico con el sello de la refaccionaria que asaltaron el día de ayer.

Doroteo dejó de gritar y se bajó del carro, llegó hasta la puerta y abrió, la escena era: Panchito recargado en la mesa,

do

me an

con un café   hu   cerca, el mecánico

viéndole desde enfrente, con un café en una mano y en la otra el pan con queso.

– ¿Qué pasó?

– ¿Qué tal? Venimos a que nos cambie el alternador.

– ¿Nomas es de cambiar?

– Sí. Ya sabe cómo trabajamos nosotros, traemos uno nuevo.

– Sí, son bien cabrones. Bueno déjenme terminar de almorzar.

– Pinche almuerzo, un pan con café, no mame. Eso es desayuno.

– Bueno cada quien. Entonces ahorita que desayune. Voy para allá.

– Órale pues. Le vamos a dejar los fierros, aquí, al lado de la puerta. Y vamos a

ir al Soriana. ¿Quiere que le traigamos algo?

– No, gracias.

Adán le habla a Doroteo, para que le traiga los aparatos, y los deja a un lado de la
puerta, y se van por la avenida.

Después de que se mantuvo silencioso el mecánico por fin termina con su

meditación.

"Estos vatos son ladrones, a eso se dedican, mira termínate el café para que me

ayudes allá afuera. Yo sé que andas bien crudote, pero mira, ahorita con el jale

se te va calmar. Siempre vienen conmigo, y me traen fierros, que, por ahí tengo

unos que no he vendido. Es que estos vatos, no saben mucho de carros, lo

bueno es que también me dan una lana, y como ahorita, van a traer algo de

mandado. A pesar de todo se portan bien estos vatos, saben que uno esta

jodido.

Aliviánate ya tomate tu café, ten el pan. La última vez les arreglé el radiador,

¿Quién sabe cómo le hicieron? Pero me trajeron el radiador. Sí, el carro que

traen se los tengo al puro tiro, pues me traen todo nuevo, ya si no. Parece que

me trajeron dos alternadores, el que es del carro se lo voy a poner y el otro, se

lo llevas al eléctrico, y él ya sabe cómo está la cosa. A lo mejor te da unos cien

varos o hasta unos trecientos."

El mecánico tomó los fierros y siguió hablando, salió de la cocina y todavía se

escuchaba el habla. Panchito por fin se incorporó y miró el café, el humo subía

como serpiente, los rayos del sol entraban por la ventana. Lo tomó y le dio un

trago. Se levantó y se fue de nuevo a la cama.

Despertó después de dos horas. Repuesto, sin tanto dolor de cabeza, salió de nuevo a la cocina y el alternador le estaba esperando. Lo tomó y salió, el mecánico había terminado de arreglar el carro y le dijo que ese otro también se lo llevara al eléctrico, que no tardara.

La banqueta más adelante de la casa del mecánico estaba quebrada, en la esquina una tienda amarilla de pisos y azulejos exponía un letrero con algunos de sus precios y ofertas, luego la avenida. Da vuelta y llega a un puente peatonal, sube y observa los carros que pasan por abajo de él, carros de todos los colores, la mayoría con una sola persona, los camiones a esa hora medio llenos, o medio vacíos. El sol que de nuevo con su resolana cae sobre todo ser vivo. Pero el puente no vuelve a bajar, el terreno es irregular que al pasar al otro lado se encuentra de frente con el pavimento, y hay que surfear los automóviles. Afortunadamente más atrás hay un semáforo, al momento de que cambia a rojo, pasa Panchito y luego se ilumina de amarillo, de nuevo a verde y como en la mayoría de las veces, no hay gente que se quede ciega, viendo una lechosa blanquedad infinita. Entra de nuevo a una calle corta, que nueve cuadras más adelante se encuentra el taller eléctrico, mientras, le va dando el sol y siente que se quema del lado izquierdo.

Electra & Prometeo es el nombre del taller. Dentro un hombre colocaba un estéreo, en una esquina una batería cargándose, un carro con el cofre destapado, aceite en el suelo y una pequeña oficina, sucia, con un asiento de piel también lleno de aceite y en otro un hombre que hablaba por teléfono diciendo que trajeran el carro, que ahí lo arregla por una módica cantidad. Lo miró. Panchito puso sobre el escritorio rayado, los alternadores. Sin dejar de hablar por teléfono, asentó con la cabeza y sacó de la bolsa del pantalón un billete de doscientos pesos y tapando el micrófono le dijo: "mañana le entregó lo demás". Panchito salió y regresó por el mismo camino.

Desde el puente peatonal logró ver que dan vuelta en la cuadra los ladrones con bolsas en mano.

Al llegar, a la casa del mecánico un banquete:

Sopas ramen

Lonches de jamón y queso amarillo, aguacate y pan,

camarones con salsa picante y limón, bolsas grandes de frituras,

cocas, néctares y aguas saborizadas, tres kilos de carne,

tres bolsas de salchicha para asar,

y dos de carbón, chile y tomate, tres six de tekate

y una botella de Tequila Cuervo.

Cuando llegó la hija del mecánico encontró de nuevo a Panchito dormido en la cama, en la cocina uno de los ladrones dormido en el suelo, otro en un sillón, uno más en la mesa y en una mecedora su papá roncando con una cerveza abierta descansando cerca de sus pies.

Aun con el olor del alcohol se acostó a su lado y lo abrazó. La madrugada los encontró juntos.

Los ladrones hicieron mucho escándalo en la cocina, y despertaron a Panchito y la hija del mecánico, Don Chevo desde su recámara también gritaba.

Por fin Panchito intento levantarse y ella no lo dejó, con un jalón en la camisa lo volvió a acostar y lo abrazó con fuerza, intentó levantarse de nuevo, esta vez si lo logro y salió del cuarto.

El mecánico se levantó, salió de la casa, movió unas cosas del carro y entró.

—Ya está su pinche carro, ahora lléguenle ya, muchas gracias por lo que trajeron y nos vemos después.

Los ladrones se quedaron viendo unos a otros y sin decir nada comenzaron a salir, Gasby tomó a Panchito del brazo y lo llevó al carro, con un pequeño empujón lo subió.

Pusieron marcha, la hija del mecánico salió tarde, sólo alcanzó a ver el automóvil cuando daba vuelta

en

la

esquina

ya

no

pudo

decirle

nada a Panchito.

CAPITULO XVI

Dejan a Panchito en el Mercado Juárez y se pierde de nuevo en la ciudad.

Panchito se recostó en el asiento y se durmió. *El gato negro estaba de nuevo en el centro del patio, fue detrás de el y entro a la cocina del mecánico, lo vio comiendo un pan con cola del gato, a un lado de él, la vecina, sonriendo con un cuchillo ensangrentado en la mano, la hija del mecánico lo jalaba, y lo jalaba.* Abrió los ojos y Doroteo le estaba estirándole la playera.

– Ya llegamos.

Se bajó del carro. Un puesto blanco, en cuyo rótulo ofrece "tacos y tortas de barbacoa". Gasby le acercó un plato desechable con cinco tacos, cebolla dorada y cruda, cilantro, le acercó también un bote de salsa, limones y la sal, Adán le dio una botella de coca-cola.

Trasnochados, madrugados, trabajadores, desempleados , mujeres que van pasando con minifaldas y mallones, con saco y falda de vestir, que suben a los camiones o que bajan de ellos, mujeres y hombres que a esa hora caminan por calles cafés, grasosas, con el olor de la barbacoa en penca de maguey, a bistec cocidos en manteca de puerco, con cebolla, cilantro, salsa verde y roja, limón y sal.

Callados comen, mirándose unos a otros y al taquero, que invita a los transeúntes "pásele, a los taquitos, de barbacoa y bistekc, pásele, con su salsa y cebollita, pásele amigo, pásele m'ija, pásele señora, dele de comer a esas criaturas..."

Los claxon que suenan entre las calles, la avenida Colón en muy concurrida y más por la central de autobuses, pasa el metro aventando chispas al aire, pasan los autobuses llenos de gente que se va o que regresan, los camiones con gente que casi se sale por las puertas, los taxis que recogen pasaje o lo dejan, los vagabundos con su característico olor de humano añejado en las calles.

– Compadre tenemos rato que no vamos al Mercado Juarez, ahí
   si que nos ajuareamos- y ríe.
– Pues pague para irnos.

***

Gasby, paga y suben de nuevo al carro. Calle Villagran hasta la Alameda, y vuelta por 5 de Mayo, hasta Juarez. Un parquímetro con una hora esta solo.

– Creo que vamos a tener suerte compadre, mire el parquímetro.

Se bajan los cuatro del carro y entran al mercado Juarez. Olor de incienso inunda el lugar, aun, donde están los puestos de comida con sus vapores, fiesta de los ojos, desde arriba hasta abajo está ocupado por veladoras, sombreros diferentes, anuncios de comida, utensilios para cocina, valeros, trompos, cabritos destazados, fruta, videojuegos bajo unas escaleras, muchos pasillos por donde caminar, mariscos, tacos, revistas viejas, algún sexshop discreto que tras una cortina azul está el material en venta; y la gente, que no puede faltar. La gente amontonándose en algunos lugares, si alguien tropieza tiene que pedir disculpas como a cinco, gente sentada esperando la orden de fritada o la cabeza de cabrito, una hamburguesa de pescado o camarón, un ceviche, un coctel vuelve a la vida, gente detrás de los mostradores repletos de mercancías, gente cargando cosas "con cuidado, con cuidadito", gente silbando. Los ladrones se internan en ese alboroto.

Por entre los pasillos mientras caminan, detienen a alguien y le sacan la billetera.

– Oiga, amigo, que trae ahí. Nombre espérese.

Mientras, la mano de Gasby saca de la bolsa trasera del pantalón una cartera. Es como un banquete, van tomando cosas de los puestos, van sacando dinero de las cajas, regresan al carro tres veces. La intensidad se va incrementando, los olores y los colores, la sensación de estar haciendo lo prohibido, van sintiendo placer en lo que hacen, cuando están trabajando no hablan,

entran en un trance,

....

.................................::::::::::::::::::::::::.................::::::::::::....::............

:. :_:_:______________:::::::::::::::::::__________:..............::::::::.....:..::....

dan vuelta en un pasillo

y ven tantas posibilidades.

En el éxtasis arrebatan una bolsa a una mujer y grita.

Los tres corren,

panchito trata de seguirlos

y los pierde.

A   lo   lejos   s e   e s c u c h a   e l

c a r r o   q   u   e   a r r a n c a

a   t o d a   velocidad.

Nadie le habla ya. Nadie de los que están ahí, se acerca o le jala del brazo para

conducirlos por ese asfixiante ambiente. Nadie lo ve, es como una mercancía

mas, y el barullo va creciendo conforme observa lo que sucede.

Alguien lo agarra del brazo.

–¿Dónde están hijo'e tu piche madre? Tú andabas con esos cabrones. Ya viene la

policía, te va llevar la chingada.

No sabe cómo reaccionar, el hombre lo tiene tomado del brazo con tal fuerza

que no puede siquiera mover la mano. Con la mano que tiene libre, Panchito,

alcanza a tomar una escoba, que por pura casualidad alguien que estaba

barriendo, dejó, con un movimiento le trata de pegar al hombre y por reflejo es liberado y corre.

Ahora el aire es más pesado, la gente es mas pesada, el suelo tan blando que es difícil correr, y tras de él, un demonio gritando insultos, maldiciones, advertencias, llega al final de un pasillo y da vuelta, llega la final de otro y da vuelta, no encuentra salida alguna, y el perseguidor que no claudica.

Al dar la vuelta al final de un callejón, resbala con un limón, y termina abajo de una mesa, el perseguidor no lo ve y sigue de largo. Se incorpora Panchito, y alcanza a ver que su demonio se va alejando entre la gente volteando a los lados buscándole. Se regresa un poco y a lo lejos ve el sol que se asoma por sobre cabezas humanas.

Sale a la calle Aramberri, y de nuevo los cables, la basura, las calles que ahora son mas negras, y el ruido de los camiones urbanos, con sus arrancones, su frenado estrepitoso y los claxon, sonando desesperados.

Camina hasta llegar a Cuauhtémoc y da vuelta a la derecha, mira a lo lejos el intento de penacho de la estación elevada del metro, y luego pasa por abajo, huele a cebada de la cervecería y llega las vías del ferrocarril momentos después que paso silbando, y ese sonido se le hace familiar.

Al llegar a las vías del tren, se escucha el silbar que se aleja y Panchito decide ir tras él.

Índice

CAPITULO I *De cómo Don José se da cuenta de la caja misteriosa, la plática en la cocina y la cargada del carretón con el paquete*..2

CAPITULO II *Don José y el Vicente dejan el paquete en la dirección marcada, después el problema con el tránsito*..10

CAPITULO III *De lo que trata en la vida cotidiana de unos vecinos en la Colonia "Molinos de Inglaterra"*..18

CAPITULO IV *De los dos adolescentes y de cómo surge el amor entre ellos en la escuela secundaria*..27

CAPITULO V *De lo que trata lo sucedido a un grupo de ladrones, y la fuga de la refaccionaria*..33

CAPITULO VI *Del nacer*..39

CAPITULO VII *El gato negro dentro de la casa, en la barda y en el patio de la vecina*......42

CAPITULO VIII *De la llegada del marido y la huida*..46

CAPITULO IX *De la ciudad y sus demonios*..49

CAPITULO X *De la aventura de los adolescentes y Panchito*..54

CAPITULO XI *Del ojo de agua, la despedida y de nuevo en la ciudad*..60

CAPITULO XII *Lo urbano*..62

CAPITULO XIII *De la llegada de Panchito con el mecánico*..65

CAPITULO XIV *Panchito se queda en la casa del mecánico y este le presta a su hija*........68

CAPITULO XV *Llegan los ladrones con el mecánico, el recorrido con el eléctrico y Panchito se va con los ladrones*..72

CAPITULO XVI *Dejan a Panchito en el Mercado Juárez y se pierde de nuevo en la ciudad*..79

www.ingramcontent.com/pod-product-compliance
Lightning Source LLC
Chambersburg PA
CBHW051250160726

47994CB00003B/1098